看故事學語文

看故事
學關聯詞

蘇珊妹妹

韋婭 著

新雅文化事業有限公司
www.sunya.com.hk

看故事學語文

看故事學關聯詞

蘇珊妹妹

作　　　者：韋婭
插　　　圖：ruru lo cheng
責任編輯：陳友娣
美術設計：何宙樺
出　　　版：新雅文化事業有限公司
　　　　　　香港英皇道 499 號北角工業大廈 18 樓
　　　　　　電話：（852）2138 7998
　　　　　　傳真：（852）2597 4003
　　　　　　網址：http://www.sunya.com.hk
　　　　　　電郵：marketing@sunya.com.hk
發　　　行：香港聯合書刊物流有限公司
　　　　　　香港新界大埔汀麗路 36 號中華商務印刷大廈 3 字樓
　　　　　　電話：（852）2150 2100
　　　　　　傳真：（852）2407 3062
　　　　　　電郵：info@suplogistics.com.hk
印　　　刷：中華商務彩色印刷有限公司
　　　　　　香港新界大埔汀麗路 36 號
版　　　次：二〇一七年十月初版
　　　　　　二〇一八年六月第二次印刷

目 錄

為閱讀升起風帆

每一位家長和老師，都希望看見孩子們從閱讀中，獲得飛速提升的寫作能力。可是，飯得一口口吃，詞得一個個學呀！那麼，寫作能力的提升，有沒有捷徑、有沒有方法呢——如何讓孩子既能快樂閱讀，又能訓練語文，二者兼而得之？

——韋婭老師說，有！

我常在學校邀請的寫作演講中，談及自己兒時的閱讀體會——喜歡做筆記、習慣寫日記，把偏愛的東西收藏在小本子裏……一切看似無意的小動作，成了自己後來水到渠成的書寫能力的扎實基礎。現在回憶起來，其實自己用的方法，不正是我們現在說的學習「捷徑」嗎？

是的，學習「有」捷徑，全在有心人。

我們常說，提升孩子的寫作能力，從閱讀開始，它是一個潛移默化的浸潤過程。閱讀，對於一個充滿好奇心的孩子來說，其實是一件最自然不過的事呀！興趣所在，何樂而不為？可是，當今世界人心浮躁，各種刺激感官的誘惑漫漶於兒童市場。眼花繚亂的萬象，給予閱讀文學帶來的衝擊是顯而易見的，「專注閱讀」似乎成了一件奢侈的事，需要人們來共同努力去維護了。

那麼好吧，讓我們一起攜手，為閱讀升起風帆。

知道嗎？寫作的根本問題，是「思維」的問題。我們常聽老師讓我們多「理解」多「領會」，那麼，我們如何將看到的內容，透過自己的思辨能力，把它說出來，把它變成筆下的文字，來展現你的能力呢？如何在讀完一本文學作品時，對故事有所感觸之際，忽想到，我怎麼會有了這許多的發現？當你沿着透迤的故事小徑，走過光怪陸離或色彩繽紛的景觀後，你突然閃念：原來寫作並不困難，原來語文的技巧，詞章的傳遞，都在這一本本書頁的翻閱之後，竟水到渠成地來到自己的筆下了！

　　是誰發現了這個小秘密，並試圖將它送到你的手裏、你的眼裏、你的腦海裏呢？告訴你吧，是我們的坐在書本後面的小小編輯！想當年，閱讀，對於那個小小的我來說，是多麼吸引人的一件事！而如今，在你的閱讀中，也像是忽然有位小仙童翩然而至，落在你的肩旁，鼓勵你：好看嗎？想一想，說一說！

　　原來，文學作品的好看，不只因為它情節的起伏，更在於它引人入勝的字詞句章，還有你那透不過氣來的自己的思索！

　　讀一本小作品，獲三個小成效：學流暢表達、懂詞語巧用、能閱讀理解。

　　喜歡嗎？

韋婭

2017 年盛夏

語文小課堂（關聯詞篇）

老師，什麼叫關聯詞？

小問號，所謂關聯詞，也叫「連詞」，就是用來連接前後兩個（或兩個以上）分句時用的「特別詞彙」，藉以表示句子之間的關係。換句話說，這些分句原本在意義上就有一定的關係，加了關聯詞之後，可以使句子裏各分句的關係和結構更緊密，句子的意思可以表達得更清晰。

哦？老師，我還是不明白呢！

我們來舉例子說說看。比如：「你跳舞。」、「我跳舞。」它們是兩個單句，也就是兩個獨立、有完整意義的句子。如果要把它們連在一起，你會怎麼改寫呢？

你跳舞，我也跳舞。

好，你看，你在這裏加的「也」字，就是關聯詞。原本的兩個單句，由關聯詞「也」連起來，變成了一個「複句」，因為它現在包含了兩個分句。前後兩個分句之間用逗號來表示停頓，而在句子最後面用句號來表示較大的停頓。

老師，你說關聯詞可以使句子的關係和結構更緊密，那麼這個複句裏的兩個分句是什麼關係啊？

「你跳舞」、「我也跳舞」這兩個分句沒有輕重、主次之分，屬於並列關係，而這一句「你跳舞，我也跳舞」就叫做並列複句，關聯詞「也」就提示了兩個分句之間的並列關係了。

原來如此！那麼，若是沒有這個「也」字，或者說，換成別的關聯詞的話……

那麼，這個句子可能會有多種理解方式啦。如果說成：「因為你跳舞，所以我跳舞」，這是因果關係的複句；「如果你跳舞，我就跳舞」，這是假設關係的複句；「不但你跳舞，而且我跳舞」這是遞進關係的複句；「首先你跳舞，然後我跳舞」，這又變成了承接關係的複句……

嗬，這麼有趣啊！原來關聯詞可以起到這麼大的作用啊！改變關聯詞，就改變了整個句子的意義！那麼，老師，關聯詞可以分為多少種呢？

問得好。我們一般會把關聯詞分為九類，也就是說，有九種複句形式，包括並列關係、因果關係、假設關係、承接關係、遞進關係、選擇關係、轉折關係、條件關係和目的關係。

哇，有這麼多種啊！我真想多了解一點呢！老師，我們這就去看故事吧！

名字裏的秘密

一 一個叫囡囡的女孩

囡囡，不是別人，是我。

本人名叫「歐陽嘉儀」——是的，一個太普通的香港女孩名兒，你不信試試，站在街頭大叫一聲「嘉儀」，看有多少個回頭的吧！哈，起名的是我媽。可我媽卻很少正兒八經地叫我這名字，從小到大只管喚我「囡囡」。

囡囡！一個多麼奶里奶氣的稱呼，來自江南水鄉的對小女娃兒的暱稱。

唉，如果我是一個三歲小毛丫頭，那倒情有可原了！可我如今分明是一個身材苗條、肌膚滑潤，一副莊重的深度近視眼鏡掛在鼻梁上的大女孩子！在學校，歐陽嘉儀可是個呼風喚雨的人

物，班長是她，風紀是她，女子籃球隊隊長也是她！校園裏，誰不知道有個叫 Christy 的領袖生呢！

可我媽卻不認，在她眼裏，我永遠是那個沒長大的小「囡囡」。她對我的英文名好陌生，即使你們喊破了嘴，她也不記得！有一天她毫不保留地說：「喏，這『Christy』洋名兒，叫起來多不順口！」說着，她掰起了手指，「克麗絲汀，四個字……不，歐陽克麗絲汀，多拗口啊，外國人用的洋名這麼長，有什麼好呢……」

笑得我們大家前仰後合的。

其實説起來，我這洋名也有來歷的！那是入讀小學的第一天，老爸把我送到校門口，漂亮的女教師彎着腰朝我問：「孩子，你叫<u>歐陽嘉儀</u>，我想知道，你有英文名嗎？」

我當然沒有，我媽説我的英文名就是身分證上的廣東話拼音。於是我搖了搖頭。

我好奇地問：「老師，每個人都有英文名嗎？」

女教師笑了，她的笑容很美，牙齒白白的。她説：「不一定。只是你的中文名較長，若是有個英文名，那麼稱呼起來更簡單啊！」

爸爸的聲音忽地響起：「老師，她的英文名是 Christy 。」我吃了一驚，望向爸爸，實在是佩服爸爸的腦瓜子轉得這麼快呀！這名字倒是挺好聽的呢！

女教師笑了：「你好，Christy 小朋友。」

我抬頭望了一眼爸爸，滿腦子都是對那個陌

生而新鮮的名字的好奇。我猜不出這名字是怎麼從爸爸的嘴巴裏跑出來的，如果不是爸爸使勁拽了我一下，我可能就一直愣在那兒⋯⋯彷彿心有靈犀，我馬上收回了我充滿問號的目光。我從來沒見過爸爸那樣的一種神秘的笑容，他的奇特表情掩飾着一種抑制不住的興奮感，那黑色的眸子閃閃放光，這令小小的我大惑不解。

二　謎底被悄悄揭開

很久以後，我才知道，爸爸那神秘笑容的背後，隱藏着一段故事。那故事的主角是一個女人。原來，我那個英文名是屬於她的。

就是那個女子，把我爸爸從我媽身邊「搶走」了。

「搶走」這個詞兒，聽起來怪怪的。人怎可能像小玩具似地，可以被「搶走」呢？何況他是我爸爸，一個大男人。

當這話從我媽口裏蹦出來的時候，我大吃一驚。媽媽訴說的語氣充滿悲憤，一雙眼睛淚光盈盈。這足以讓我相信，一切發生着的，都是真的。

爸爸在銷聲匿跡了很多日子以後，突然從電話線的另一端冒了出來。他既平靜，又客氣，他那麼怡然自得地，將自己從我們的家庭成員中，

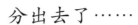

分出去了……

「被人搶走了，你老爸跑了，一個壞女人！」媽媽有些語無倫次。她喉嚨裏發出的聲音帶着明顯的哭泣後鼻塞的嗡嗡聲。

那會兒，我進家門，肩背上的書包還沒來得及卸下。媽媽如雷貫耳的哭訴聲，把我嚇了一跳，我幾乎不相信自己的耳朵，我吃驚的程度不亞於聽到外星人闖入我家。

是的，我被震懾住了。我的世界一片死寂。一隻孤雁蒼涼地劃過天空，發出一聲淒涼的悲鳴。

壞女人名叫「Christy」，這是後來老爸來學校履行父親的職責時，被我當面揭穿的。

「我恨你，爸爸！」我說，「你不該……」

他不該什麼呢？我卻說不出，我無法解讀這個世界給予我的難題。這世界究竟在發生着什麼？它像一條河，氾濫着，狂吼着，衝擊着一切，衝撞着我的家——這個原本溫暖的家。

原來老爸跟這「壞女人」的關係源遠流長，比我的年齡更久。他一方面是那個陌生女人的男人，另一方面又是我母親的丈夫……我的腦子一片混亂。我實在弄不明白大人之間的複雜故事。

我不喜歡說謊的人，但爸爸委屈地說，他是不得不掩蓋真相。否則，對媽媽的傷害會更大。爸爸這樣說着的時候，聲音平靜，語氣中彷彿還

帶着幾分委屈，好像他倒成了一個聖人，我們美好家庭的……捍禦[①]者。

我一片茫然，我的心在抽搐。

受欺騙的不止是我媽，還有我。

「阿爸你以後別來了，永遠別來看我！」我一邊說，一邊哭，抹着眼淚跑開了。

---

① **捍禦**：防衛、抵禦。

三　媽媽的笑容僵住了

我一個人哭。

小時候，我會向媽媽哭，向爸爸哭。而現在才知道，原來也需要……向自己哭的。

從小愛看書，讀過許多美好的故事。但現在，我才發覺，它們離我這麼遠。原來，悲傷的情節，其實就蟄伏在現實裏，就在我們的身邊，它會神出鬼沒地，突然竄到你跟前。

我不禁怨恨起來，那個叫「Christy」的女人，不僅搶走了我老爸，也像烏賊魚吐墨一般，污染了我的名字。

我向所有的人莊嚴宣布：「我從此只叫歐陽嘉儀，誰也別再叫我的英文名了！」

「嘉儀，你改名了嗎？」

「哦，你有了新的英文名嗎？」

周圍的小同學嘻嘻哈哈的，你推我撞，沒人知道我有多心痛。

校園的鈴聲親切地響起。

「不，我只是喜歡自己的中文名而已啦！」我笑着，轉頭便向教室跑去。

原來人是要學會掩飾心情的。這不叫謊言吧，卻不是我的真心話。忽然想，爸爸和媽媽之間，也許，也有他們各自的苦衷吧？

媽媽每天早出晚歸，她似乎並沒有留意到「Christy」是如何靜靜地消逝的，她依然故我地稱我為「囡囡」，每逢有人找，她也不在意叫我囡囡。有一天，我不得不對她說，你以後不要在同學面前叫我「囡囡」啦！

「有什麼問題嗎？」她很緊張地問。

望着她眼睛裏的那些母愛，心下不忍，便輕鬆一笑，然後說：「我是大女孩啦！對了，媽，這學期若成績考得好，有機會參加交流團去北京

呢！」

媽的眼睛馬上放光了。

但是，想不到，媽媽竟當着同學的面，口無遮攔地叫我這個奶里奶氣的名字！

那是一次參加郊外活動，大夥兒約在火車站等。媽媽也不知道從哪裏鑽出來的，拿着一件風褸和電筒給我。一見着我，她就叫開了。她那一聲「囡囡」的呼喚，把所有的人都逗樂了。一個

頑皮小男生竟不懷好意地問「囡囡」是啥意思。我臉上真的是火辣辣的。

「送什麼風褸電筒呀，我不要！」我嚷了一聲。就算班會討論，我也沒有過如此高音。

我看見媽的手哆嗦了一下，縮了回去。笑容在她的臉上僵住了。

四 稱呼裏的幸福意義

媽媽馬上意識到什麼了，連聲說：「歐陽嘉儀，你不要，那我拿回去吧……」

媽走了，她先是一搖一晃，步履蹣跚，然後她加快了腳步。我望着她遠去，在路的盡頭，她晃了一下，沒影了。

——她竟忘了再轉回身來，望我一眼！

我心裏忽然像丟失了什麼，空了一塊。當天的活動很豐富，我的心卻七上八下的。回家時，媽迎了上來，一邊問我累不累，一邊把煲好的湯水端上來。她似乎忘了白天的事。我倒頭便睡了。第二天是周末，媽媽照例要去做清潔工的，臨走仍不忘叮囑一聲：

「早餐煮了皮蛋粥，在保溫鍋裏，歐陽嘉儀……」

我忽然覺得這聲音好彆扭。內心生起一種陌生的距離感，它像一道大河，橫亙在我與媽媽之間。媽媽改了稱呼，需要習慣吧……我想。

我昂起了頭。鏡子裏的我鼻尖高高地翹起，像一個高傲的小公主，這小鼻尖兒長得挺像要強的媽媽——這是爸曾說過的。媽媽為什麼不去申請綜援呢？她卻偏要去打工，說自己掙來的錢才用得踏實。其實，即使真的失了業，媽媽也不會躺下不幹活的……媽媽身上有一種意志。我忽然有些感動。

期終考試總成績終於下來了。我取得了好成績，順利地進入了交流團的入選名單！媽媽用她那雙做清潔工的粗糙不堪的手，在我的成績單上摩挲着，看來看去。我發現媽的鬢角有幾條銀閃閃的白髮，她眼角的魚尾紋又細又密。

我挨近媽媽，說：「媽，等我長大了，我做工，你就什麼也別做了。」

媽媽笑了：「你考得好，我比什麼都快樂。」

參加交流團的學生可真不少，集合地點，來了好多送行的父母和老人。麗日高照，領隊在催時間差不多了，上大巴去機場。第一次獨自出遠門，媽少不了擔心的，許多該說的話都盡了，她卻還在一個勁地囑咐。

「有老師呢，放心！」我又說。

「自己小心呀！」顯然她仍不放心。

「會的。」我又說。

「北京風沙大，出門記得戴口罩。」

「知道了。」我只好應着。

「出去玩，一定要有伴。」

「好啦！」

登上車的一刻，聽得她的聲音：「記得飛機一到就來電話，囡囡——」

我轉過頭，向她望去，一陣感動湧上心頭，我高聲道：「媽媽，知道啦！」

車開動了，人羣漸漸向後移去，不知不覺間，我的臉頰濕了。

　　那一刻，我明白了，一種幸福感在心底油然而生——那是因為，媽媽叫了我的乳名。

語文放大鏡：表示假設、並列、承接關係的關聯詞

老師，這個故事裏用了好幾種關聯詞呢！

是的，<u>小問號</u>。其實故事中出現了多種形式的複句，用了不同的關聯詞，但只用紅色字重點標示出三種。它們分別是表示假設關係、並列關係、承接關係的關聯詞。先說**假設關係**吧！假設複句，就是**前面的分句提出某種假設，而後面的分句說出它結果。**

我知道，故事裏提到：「**如果我是一個三歲小毛丫頭，那倒情有可原了！**」這一句就是假設複句，關聯詞是「如果」。故事主角<u>嘉儀</u>在現實中是學生，她不喜歡媽媽叫她「囡囡」，認為這個名字太幼稚。這個複句裏，前面的分句就是一個假設的情況，假設她只有三歲，她覺得媽媽叫這個年紀的她做「囡囡」，就比較能接受。

講得好。表示假設關係的關聯詞，除了「如果」，還可以用「如果……就……」、「假如……那麼……」、「即使……也……」、「不管……也……」等等。

故事的第二種關聯詞例子，表示句子中的**並列關係**。例如「**我一邊說，一邊哭，抹着眼淚跑開了。**」這裏的「一邊……一邊……」就是表示並列關係的關聯詞。

對！這**兩個分句之間沒有主次之分，甚至可以調換次序**。你看，如果改為「我一邊哭，一邊說」，幾乎跟原來的句子沒有分別呢！這類型的關聯詞還有「也」、「又」、「還」、「既……又……」、「一方面……一方面……」、「有的……有的……」等等。

至於故事裏的第三種關聯詞──表示**承接關係**的關聯詞，意思是句子裏的**事情有一定的先後次序、步驟，不能隨意調換次序**。就好像故事裏提到媽媽到火車站找嘉儀，「**一見着我，她就叫開了**」，媽媽首先是見到了嘉儀，接着就叫了出來，兩個情況一先一後，如果調換次序，就有違原意了。

不錯。這個句子裏的關聯詞是「一……就……」。除此以外，表示承接關係的關聯詞還有「然後」、「接着」、「於是」、「就」、「便」、「首先……然後……」等等。

老師，我還多找了一個承接複句的例子。故事提到，嘉儀拒絕收下媽媽為她送來的風衣和電筒，媽媽似是受到了打擊，離去時，「**她先是一搖一晃，步履蹣跚，然後她加快了腳步**」。這裏用了關聯詞「先是……然後……」，表示了動作的先後次序，也寫出了她的動作變化和心理變化。這就使人物的形象更活靈活現了，好像看電影似的。

你說得很好。電影有聲音有影像，事情發生的先後次序很容易表達出來，而小說、故事等作品，要通過文字，將故事呈現在人們面前，所以在遣詞用字方面有更高的要求。**恰當運用關聯詞，可以幫助我們表達得更清晰，文章也顯得更豐富、多變。**

我一定會多注意的！現在我們去「語文遊樂場」看一看吧！

語文遊樂場

一、下面句子中的綠色字，是表示了什麼關係的關聯詞？圈出代表的英文字母。

1. 同學們都在猜這回英文演講比賽誰會奪冠，**有的**說是<u>張小麗</u>，**有的**說是<u>王慧慧</u>。

   A. 並列　　　B. 承接　　　C. 假設

2. **要是**你同意這裏所寫的條款內容，**就**能加入我們，成為我們的會員。

   A. 承接　　　B. 並列　　　C. 假設

3. 她左思右想了一陣子，**才**鼓足勇氣，拿起了電話。

   A. 假設　　　B. 承接　　　C. 並列

4. 她們的樣貌**既**不相似，身高**又**相差很大，真看不出她們是兩姊妹。

   A. 承接　　　B. 並列　　　C. 假設

5. 聽說圖書館有新的故事書上架了，**於是**我趕快跑去借閱。

   A. 承接　　　B. 並列　　　C. 假設

二、把適當的關聯詞填在橫線上，使句子意思完整。

1. 想到傷心事，她不禁_____走，_____止不

   住地流淚。

2. 今天氣溫突然下降了不少，_____沒有穿夠衣服，

   _____可能會感冒。

3. 他剛剛打電話過來跟我們說，先處理完手上的重要工作，

   _____來參加同學聚會。

4. 天空黑沉沉的，可能要下雨了，_____你沒有帶雨

   傘，_____趕緊回家吧！

三、以下哪一項最能概括《名字裏的秘密》的主要內容？圈
出代表的英文字母。

A. 講述一個叫歐陽嘉儀的女孩子改名字的過程。

B. 講述一個女生因考試成績優異而獲得免費旅行的故事。

C. 從一個名字的來歷，帶出家庭變故和孩子成長的故事。

D. 從一個名字的故事，抒發女生對母親自強不息的佩服。

新衣衫的風波

一　我有一個俏家姐

　　我有一個長相俊俏的家姐，她英文名叫<u>艾米</u>，聽起來就像「愛美」一樣——哈，她的確很愛美哦，每早對着鏡子照，不化個美美的妝，是絕對不會出門的。身上的衣服一天一個樣，説句實在話，眼花繚亂中，我幾乎從沒見過她穿相同的衣衫！

　　你別以為她很有錢哦，怎麼可能呢，大家都是打工仔，入行才幾年，她的工資能高到哪兒去呢？但是，我家姐倒是滿不在乎，嘴巴一翹說，喂，那些衣服呀，嘻嘻，其實好便宜的！

　　便宜？也許吧——家姐她絕對不會去逛什麼名牌店或者哪個高檔次的消費場所。

　　「當我傻呀……」艾米神秘地一笑，「我買的呀，全是幾十元一件吶！」

　　她咯咯地笑，樂不可支。是的，家姐她最愛去「女人街」之類的地方「尋寶」了，只要看中那件衣衫，就會取來一試，站在鏡子跟前，往身上一比照，嘿，瞧她美滋滋的模樣！

　　也真怪，什麼衣衫一套到家姐身上，就好像立即變成了吸人眼球的高檔貨！記得有一句俗語叫「人是衣衫馬是鞍」[1]，我家姐她自己就是一

---

[1]「人是衣衫馬是鞍」：人的漂亮要靠衣服裝扮，馬的漂亮就要看馬鞍。

個最高檔的衣架子啦，無論什麼款式，穿到她的身上，都像變戲法似的，立即有了新意！難怪竣哥說，艾米呀，說不定哪天，有人會找你去拍賣衫廣告哦……

「好啊，好啊！」家姐像孩子般格格笑——只有男友的誇獎，才能令她這般喜形於色。她好像一點兒也沒察覺出竣哥話音中的小刺兒，我想竣哥肯定是話中有話——他怎可能讚賞家姐這一「特點」？雖然他是她的親密男友，但我知道，他一向對家姐「亂買衣衫」很不以為然。我還記得，為了這件事，他們還有過一次激烈的爭執呢！

那應該是他們拍拖以來，最大一次衝突了！事情是這樣的——

那晚，家姐興沖沖地開門進來，一進門就嚷：

「看，又有一件戰利品！」

竣哥與我對視了一眼，連忙迎上前去：「什麼……？」

二 都是顏色惹的禍

戰利品？

顧名思義，我的家姐<u>艾米</u>又有新收獲啦——新衫！

<u>竣</u>哥自然心領神會，他笑了一下，那笑容裏有幾分疼愛，又有幾分無奈，說：「不是說一起出街吃晚餐嗎？一直都等不到你回家，能上哪去呢——八成是被哪件漂亮衣衫迷住了啦……」

<u>竣</u>哥的幽默話裏，總是充滿了機智。

「猜對啦！」家姐得意洋洋，顯然，她十分滿意<u>竣</u>哥這「心有靈犀」的表達。我家姐就是這樣的人，她之所以喜歡<u>竣</u>哥，就是因為他相處中的說話得體呀！

「我剛走過前面路口，一眼就望見這件翠綠色的女裝，好搶眼，下面襯着一條牛仔褲，靚絕

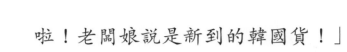

啦！老闆娘說是新到的韓國貨！」

　　說着，她從手兜兜裏迅速抽出一件衣衫來，在手裏抖了抖，得意地舉起，高高地揚了揚。忽然，她的嘴裏發出一聲尖叫——絕非高興，而是大驚失色：

　　「怎麼是這個顏色？」她盯着手中的衣衫，左翻右翻，「剛才明明好正的顏色，現在屋裏燈光⋯⋯是不是燈光問題？哦不對不對，這種綠差

一點點就走樣啦，這怎麼好……太醜啦！」她懊惱得要命，以致整張臉都緊繃了。

竣哥好像明白了，見艾米痛心疾首的模樣，連忙勸道：「那……拿去換嘛！」

「人家說了不退不換，因為價格便宜嘛，所以我才買的……唉，算啦！」家姐歎了一口氣，拉開櫥櫃門，往裏面一扔。

「你……！」竣哥愕然道，「你再試試吧，或者穿在身上好看呢？」

「剛才試過，合身的……顏色不好，不要了！」她頹喪地坐進了沙發，一言不發。

「你不可以再試試，或許穿在身上……」

「不用！」家姐打斷了竣哥的話，「細妹拿去穿吧！」

「你——」竣哥顯然有點不快，「你買衫也太隨意了，既然不喜歡，買的時候為什麼不考慮好呢？」

「我買的時候是鍾意的。」

「不就是剛才嗎？你現在連試一下都不想……」

「不想穿。」

竣哥看了我一眼，低聲道：「細妹也不是你的垃圾筒……」

壞了！我心下暗暗叫苦，一向懂得說話分寸的竣哥，怎麼忽然「逆流而上」呢？這下可要惹事了……

三 多少衣衫才算夠

　　果然不出所料，<u>竣哥</u>的細聲埋怨，頓時激起軒然大波。本來，<u>艾米</u>的心情，從滿心歡喜，到一落千丈，她自己已經感到晦氣透頂了，這位男友居然來湊熱鬧，不是幸災樂禍，就是別有用心。這下子可碰觸了她的敏感神經了，她哪裏肯忍氣吞聲？

　　於是，買錯衫的那股子氣惱，全都拋到男友頭上來了！

　　喂喂，我是花我自己的錢哦⋯⋯

　　我願意買，怎麼樣⋯⋯

　　你有什麼資格來指手劃腳⋯⋯

　　什麼難聽的話，全都從牙齒縫裏鑽出來了。或者你留下，或者我離開，咱倆算玩完了！家姐哭了，獨自跑進房去。

　　真沒想到會這樣。說起來，家姐的衣衫真的是多，衣櫃衣箱抽屜，到處都是她的「庫存」。竣哥就打趣道：「艾米，你的衣衫多到無地方擺，不如開一間舖頭啦，我想你衣櫃內，應該有一百件衫吧？」

　　艾米臉一紅：「你數過？別這麼誇張好不好……」

　　家姐究竟有多少件衣衫，我可沒有數過。但是，家裏的衣櫃內，我自己的衣服，除了校服，還真的沒幾件是自己買的。凡是家姐不想要的，她都會說：「喏，拿去，給你。」在我看來，家姐每一件衫都挺好看的。與其到商店自己去費時費神挑揀衣衫，不如就撿了家姐的免費靚衫啦，何樂而不為？

但是，竣哥卻伏在我耳旁説：「細妹，你這樣來者不拒，就更助長了你家姐隨心所欲買衣服的習慣囉！」

「這⋯⋯」我覺得竣哥説的不是沒有道理，但是家姐她喜歡扮靚，美麗年輕如她，有錯嗎？

艾米與竣哥，一個躲進房內，一個呆站牆角。良久，我小心翼翼地問竣哥：「家姐喜歡扮靚，不好嗎？」

竣哥瞅了我一眼，説：「艾米她本來就很美，並不是因為衣衫多才漂亮！其實女孩子每季只要有三十三件衣服就夠了。好好管理，配搭好，女孩子可以穿得省錢省時省地方，又大方得體，漂亮自然。」

哇！竣哥他哪來的如此準確的「數據」呢？

四 好一個簡約生活達人

「你知道嗎，香港的年輕人，每人平均擁有九十四件衣服，其中有 16%，即十五件是從未或甚少穿着的。以每件一百元港幣計算，這些衣服就值三十九億元，足夠買五百七十七個五百八十呎香港島單位了！」

「你説什麼……」我有點傻了，對他的一堆數字難以置信，「你怎麼知道的？你計算過的嗎？確實嗎？」

我連珠炮式的發問，反倒把竣哥惹笑了。

「是的，我最近留意到一則資料，那是與簡約生活有關的，叫買衫法則。」

「買衫，還有法則？」我好奇了。

「是啊，因為你姐姐有這方面特點嘛，所以我才……」他哈哈地笑起來，作了個手勢，那

笑容像小孩子一般頑皮，「三十三件衫法則，是美國的一位簡約生活達人 Courtney Carver 提出來的。」

「簡約生活達人？」我更好奇了。

「是的。你家姐喜歡穿新款式，其實，在搭配上多用心思，一樣可以每天新款啊！」

「可是，她喜歡逛街買衣服呀！」我呶了呶嘴，「衣服不貴，只要她買得起，那就由着她唄……」

他看着我，一字一句地說：「可是，你想過沒有，地球的資源是有限的呀！」

我一時語塞。

「長久放着不穿的衣衫，可以捐出去，這樣能延續它的使用率。」他輕輕地說，「其實，地球的資源只會越用越少的。環境的美好，靠我們每一個人一丁一點的努力推動而成，也會因我們每一個人的揮霍糟蹋，而摧毀殆盡……」

　　我只知道竣哥在補習社做兼職，卻不知竣哥還有這樣的胸懷和目光，尤其是他的一套説法，令我對他刮目相看，我頓時內心升起一股敬意。

　　我忽然説：「竣哥，下一次學校要求寫調查報告的話，我就有選題啦！」我為自己心血來潮的靈感生發，不禁有些雀躍。

　　「喂，肚子好餓，你們是不是打算不陪我吃晚飯呢？」艾米的聲音忽然在室內響起。

　　我這才發現，家姐不知什麼時候已站在房門口，她的臉蛋紅樸樸的。剛才的話，她聽到了？

　　「哼，我也要見識一下你提到的簡約生活達人呢！」

　　艾米説着，狠狠地朝竣哥瞪了一眼。

　　「好啊，艾米！」竣哥靠前，拉起艾米的手，「你真是一個好女仔，我真的特別喜歡你這種性格，率真而單純……」

　　「喲喲喲，哪學來的呀，這麼貧嘴！」艾米

43

打斷他的話，朝我望一眼，忍不住「撲哧」一聲笑出來，「是繼續聊天，還是出門吃飯？不餓嗎，二位？」

我笑了：「哎呀，我可不想做人家的『電燈膽』哦⋯⋯！」

家姐二話不說，拉起我就走。

街燈早已亮起。今晚的夜色真好。

老師，從這個故事裏，我又學到了表示條件關係、因果關係、選擇關係的關聯詞了！我還發現，原來有些關聯詞的搭配，是不可以隨便更換的。

哦，<u>小問號</u>，具體是怎樣的呢？說來聽聽。

比如說，故事裏的<u>艾米</u>「只要看中那件衣衫，就會取來一試」，「只有男友的誇獎，才能令她這般喜形於色」，還有「無論什麼款式，穿到她的身上，都像變戲法似的，立即有了新意」。這三個句子運用了表示**條件關係**的關聯詞，**前面的分句說出了一種條件，後面的分句就說出了在這條件下會出現的情況或結果**。如果將這幾個關聯詞換一換，比如改為「只要……才……」或是「只有……就……」搭配，那就錯了。對吧，老師？

對，的確是這樣！仔細說起來，這三種條件複句都有些分別：

1. 「只要……就……」：前面的分句提出了充分的條件，後面的分句說出了在滿足了這個條件之下會出現的情況或結果。此外，在前面分句的條件下，也可能出現後面分句以外的結果。

2. 「只有……才……」：前面的分句提出了必要的條件，這是唯一的條件可以導致後面分句所說的內容出現，除了這個條件，別的都不行。

3. 「無論……都……」：前面的分句提出了特別的條件，也可以說是無條件，即是在任何條件之下，都會同樣出現後面分句所說的情況，沒有例外。

說起來還真是有差別的呢！相比較起來，表示**因果關係**的關聯詞就簡單得多了。故事裏提到<u>艾米</u>解釋自己買衣服的原因：**「因為價格便宜嘛，所以我才買的」**，這裏就用了關聯詞「因為……所以……」，**前面的分句是原因，後面的分句是結果。**

說得很好。其他常用來表示因果關係的關聯詞，還有「由於……因此……」、「之所以……是因為……」。這都是兩個一齊使用的關聯詞，也有些可以單個使用的關聯詞，就像「於是」、「所以」、「因而」、「因此」等等。

我明白了。那麼，表示**選擇關係**的關聯詞有哪些呢？

故事裏講到，<u>艾米</u>生氣得亂說話了：「**或者你留下，或者我離開，咱倆算玩完了**」。<u>艾米</u>提出了兩個選擇，要男友從中選一個，這裏就用了關聯詞「或者……或者……」。由此可見，選擇複句裏會**提出兩個（或以上）的條件或事情，並表示要從中選一個**。除了「或者……或者……」，還可以用「是……還是……」、「不是……就是……」、「要麼……要麼……」等等。

老師，還有一種選擇複句的例子。故事裏的妹妹在想：「**與其到商店自己去費時費神挑揀衣衫，不如就撿了家姐的免費靚衫**」，這裏雖是提出了兩個選擇，但是說這句話的妹妹已經選好了，選的就是後面分句所說的情況。

<u>小問號</u>，你觀察得很仔細。這種已經「選好了」的選擇複句，還可以用「寧可……也不……」、「寧願……也不……」等關聯詞。

學了這麼多關聯詞的知識，現在我們就去「語文遊樂場」，看看能不能答對問題吧！

語文遊樂場

一、選出適當的關聯詞，填在括號內，使句子意思完整。

> 只有⋯⋯才⋯⋯　　因為⋯⋯所以⋯⋯　　只要⋯⋯就⋯⋯
>
> 與其⋯⋯不如⋯⋯　　不是⋯⋯就是⋯⋯

1. （　　　　　）我們不斷苦練，（　　　　　）能獲得佳績。

2. 約定時間都過了好久了，還不見她的蹤影，（　　　　　）久等不來，（　　　　　）直接打電話給她。

3. 媽媽說（　　　　　）我拿到十個獎勵貼紙，（　　　　　）帶我去主題公園。

4. 他很喜歡戶外活動，每到周末，（　　　　　）到郊野公園遠足，（　　　　　）去騎自行車。

5. 妹妹一臉抱歉地小狗說：「（　　　　　）我今天有很多功課要做，（　　　　　）沒時間帶你出去玩了。」

二、 以下句子中的關聯詞用得不恰當，試加以改正，寫在橫
　　線上。

例　儘管衣櫃裏有多少衣服，姐姐都覺得不夠。

　　　改寫：<u>無論衣櫃裏有多少衣服，姐姐都覺得不夠。</u>

1. 媽媽平日工作忙碌，只要在放假休息時，就會下廚。

改寫：_____

　　　_____

2. 他說自己小時候因為曾經溺水，但是現在不敢下水游泳。

改寫：_____

　　　_____

三、《新衣衫的風波》的主題是什麼？圈出代表的英文字母。

A. 記述一個女生因買錯衣服給男友而引起的風波。

B. 講述<u>艾米</u>和男友之間小吵小鬧的日常相處情況。

C. 介紹一位簡約生活達人的「三十三件衫法則」。

D. 由買衣服的故事，帶出要節省資源、減少浪費的信息。

蘇珊妹妹

一 妹妹扔了一個炸彈

　　一看這標題，你一定會心裏「格登」一下，什麼——扔炸彈？這……別鬧啦，説的是什麼話呀！

　　我的妹妹叫<u>蘇珊</u>，她是一個頂呱呱的好女仔。

　　「炸彈」事宜，得從今晨的事情説起。

　　這是周末的早晨。我躺在牀上，睡得心安理得。太陽早已透過薄薄的窗簾，射入強烈的光，然而，屋裏卻悄無聲息。家人都像在比賽誰更能睡似的，周圍靜極了。近日氣溫驟然下降，躺在暖被窩裏，着實舒服，我還真不想起來呢！

　　半醒半睡間，我忽然想到，下午約了同學，

要去二手店訪問店長，談有關廢物再利用的事呢！另外，還有默書的功課未準備……我忽地睜開眼，側耳細聽，睡在上鋪的妹妹紋絲不動，看樣子，她仍在做好夢吧？

我一骨碌起身，躡手躡腳地走出房間。

我發現，媽媽的房門虛掩着，她出門了？我輕輕推開媽媽的房門——哦，空空如也，媽果然不在！

一定又是加班！媽是洗碗工，昨晚上夜班，今早又出門？唉，媽媽起早貪黑①的⋯⋯她總說，要多掙點錢，好給我們兄妹倆請補習老師⋯⋯我已經反覆強調，不需要補習，只要上課用心聽書，一樣考得好的，我的成績明明都算過得去嘛！媽媽真操勞⋯⋯

我忽然有點難過。自從爸爸「失蹤」以後，媽媽像變了一個人。儘管她很脆弱，但是很快她便站了起來。她擦乾了眼淚，默默走出家門，她四處去找工作。我仍記得那晚爸媽的爭執，他們吵得很兇。爸爸在<u>中國</u>內地工作，他曾經多麼疼愛我和妹妹啊！可漸漸地，他很少在家露面了，再後來⋯⋯就成了現在這個樣子。

爸爸消失了，當然，他仍存在於某處。前不久我收到他的包裹，那是一份聖誕禮物——這說

---

① **起早貪黑**：起狀起得早，又很晚才睡覺，形容人工作勤奮。

明他還活着吧。可是，我並不開心。

正想着，忽然，我聽到一個巨大的聲音——

「呼！」

聲音是從睡房傳來的。

我的第一個反應就是：妹妹怎麼了？

我衝進屋去。

二 「聖誕廢物」

　　我的第一反應就是——妹妹從牀上跌下來了？

　　還好，沒有。

　　妹妹坐在牀上，一副睡夢初醒的怠意，一手扶着牀沿，以便支撐身體的平衡，臉上略帶着一股慍怒[①]。地板上，是一個包着什麼物件的塑料袋——剛才的巨響，就是從那裏發出來的。

　　「蘇珊，什麼事？」我問，「扔炸彈嗎？」

　　大約是我一臉狐疑的表情，令人發笑，她的臉色隨即「多雲轉晴」，柔和了許多。

　　「做了一個夢，」她閉了一下眼，「奇怪，夢見那個人……」

---

① **慍怒**：惱怒、生氣。

　　我等着她的下文——自從爸爸出走後，「那個人」就成了妹妹口中的父親代號。

　　「怎麼樣？」我好奇了。

　　「他與我去搭船，去一個什麼地方，但我上了船，他去跟我揮手再見，我着急問，你又要走嗎，你去哪裏？他不答。忽地，他的臉一下子變成另一張面孔，黑黑的，兇相畢露，他朝我吼着：

我去哪裏，你管不着的！我一驚，就醒了！」

　　我笑了：「如果不是惡夢，你還不會醒吧？」

　　我拾起地板上的塑膠袋，裏面是一個杯子，已經成碎片了。

　　「哼，那個人的禮物。」

　　「碎了，」我有點惋惜，「為什麼打爛它？」

　　「寄這破玩意兒幹什麼，為了拉攏人心嗎？他人呢，他在哪裏……毫無誠意！」

　　妹妹開始激動。她內心深處一定是掛念「那個人」的！

　　我心裏有些酸酸楚楚的：「是聖誕禮物嘛……」

　　「胡説！」蘇珊打斷我的話，「那是聖誕廢物！」她的聲音裏帶了哭腔。

　　妹妹的一句「廢物」，令我不由得苦笑了一下。是的，每年聖誕節，我和妹妹都會收到不同的禮物，這些禮物已經塞滿了我們的小儲物櫃。

父親走得悄無聲息，他甚至沒留一個聯絡電話。妹妹心裏是掛念他的吧，我不敢再火上加油，以免妹妹更傷心。

　　媽媽聽說這件事後，第一個反應就是：「扔了它！垃圾！」

　　現在，妹妹果真這樣做了，而且做得非常徹底——把它打爛了！

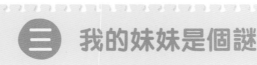

三 我的妹妹是個謎

　　人真的很奇怪，你不想去掛念某個人，但內心的真實願望卻連你自己都意識不到，它會在某個時分突如其來，跳出來，讓你不安，讓你哭泣，甚至還……讓你做夢。

　　蘇珊一定不會承認她思念「那個人」的。但是，夢境說明了什麼，它是白天遺留的幻思，還是夜晚真切的牽掛？我真的無法解釋了！而我也一樣，我真不願去掛念那個背叛家庭的父親……

　　可是，對一個人的牽掛，是不以人的意志為轉移的。他曾經是我的父親，是母親的丈夫。但是，他怎麼會棄家而去──這世界怎麼會出現這樣的怪事！他是我們這個溫馨家庭的支柱呀，怎麼可能一夜之間，一切都變了？他頭也不回地走了，他傷透了我的心，他拋棄的不止是一個家，

更是我和妹妹全心的愛……

　　我下意識地搖了搖頭。媽媽真是好樣的，她擦去了眼淚，勇敢地站起來，撐起了這個家。我們要學習照顧自己，妹妹……

　　恍惚間，忽聽蘇珊的聲音：「今日我要清理一下東西！」

　　一抬眼，只見妹妹像一隻小貓似的，靈巧地從上鋪滑落下地。

「清理什麼？」我問。

「把所有的廢物都清掉啊！」她說着，忽地一下拉開門，又回過頭來，問道：「傻哥哥，你不是要做功課嗎？」

她究竟想做什麼，是清理雜物？還是做功課？她說話怎麼顛三倒四的，這真叫我丈二和尚摸不着頭腦了！

見我仍站着不動，妹妹神秘一笑，並不急着說話，轉身進洗手間了。

我看了看手中的碎杯膠袋，想了想，將它隨手扔進了桌旁的垃圾簍。

這蘇珊妹妹，她怎麼了？好端端地把一個新杯子打碎，然後，又是提出要清理東西，又是催促我做功課……她剛才不是還在為夢境煩惱嗎，何況是那個讓她痛恨的父親？怎麼一下子就像什麼事也沒發生過似的……

我的蘇珊妹妹是個謎。

四 胸有成竹

對了，我想起來了──

昨天放學時，我跟妹妹提過──我得完成一份老師布置的功課，那是關於香港人平均日棄一點三九公斤垃圾的新聞，據說這數字已創歷史新高了！當時課堂上大家議論紛紛，為了交一份好的功課出來，每個人都在動腦筋。不就是有關環保議題的小組功課嗎──這沒問題，搜查資料，就從「家居源頭減廢」開始吧！我的蘇珊妹妹真是有心人，她居然聽入耳了，小妹妹關心起哥哥的功課來了⋯⋯

──不，慢着。

咦，我只不過向她順口提及自己的學校功課而已，蘇珊怎麼就記牢了？是什麼時候起，她變得如此「成熟」了呢？你看她，剛才還在為夢

中出現了「那個人」而心有戚戚焉，卻可以忽而轉換念頭，關心起我的功課來！這個小小的<u>蘇珊</u>……

我忽然意識到，我的妹妹長大了！

在這一年的家庭突變中，在父親出走的衝擊下，妹妹正在變化着，她在思考，也在反省，她在學習成長。歲月的日日夜夜，就像潤物無聲的春雨，輕拂着人的心靈，更磨礪着人的意志，我可愛的妹妹，不再是只懂得向大人撒嬌的小孩子，生活給了她難題，她卻從中懂得了尋求自立自強，懂得了如何去管理自己的生活，甚至關心哥哥我的功課……

一陣感動襲上心來。

「我們今天把家裏儲存的東西清理一下吧，凡用不着的東西，都處理掉！你看你有多少不用的雜物呀，玩具，舊衫，舊書報……」

「耶！大清理！」我興奮了，我的小組討論

有話題啦！

「不過……統統都棄置嗎？」

妹妹朝我扮了一個鬼臉，胸有成竹地說：「不是有慈善機構主辦的二手店嗎？他們會轉送或低價賣給有需要的人。」

「啊，真聰明！」我脫口而出。

「哥，你以為只有你留意社區的事？」

我笑起來，雖然被妹妹嗆了一句，但我的內心是多麼快樂啊！

語文放大鏡：表示轉折、遞進、目的關係的關聯詞

老師，在這個故事裏，我們可以找到一些表示轉折關係、遞進關係和目的關係的關聯詞呢！

是的。小問號，我們先來說說表示**轉折關係**的關聯詞吧！在有兩個或以上分句的句子裏面，**後面的分句不是順着前面分句的意思說下去，而是轉去說另一件事情**，這就出現「轉折」了。轉折複句裏常用的關聯詞有：「雖然……但是……」、「儘管……可是……」，也可以用單一個關聯詞，例如「卻」、「不過」、「可是」、「但是」等。

這種轉折句式，我們常常用到呢！就好像在故事結尾，哥哥「**雖然被妹妹嗆了一句，但我的內心是多麼快樂啊！**」它後面的分句與前面的分句，在意義上是相反的。被人「嗆了一句」，原本該是不高興的吧，後面分句用一個關聯詞「但」帶起，說出來的內容卻是高興的。這樣前後出現轉折，就表達了哥哥的心理變化，更突出了他的喜悅。

對，小問號，你分析得很好。不過，表示**遞進關係**的關聯詞則不一樣了，它**後面分句所講的內容或意思，在數量、程度、範圍等方面，比前面的分句更深入、更進一步**。

表示遞進關係的關聯詞有哪些呢？

常用的關聯詞有「不但……而且……」、「不但不……反而……」、「不僅……還……」等等。不過，這類型的關聯詞更多是單個出現的，例如「更」、「還」、「而且」、「並且」、「何況」、「況且」、「甚至」、「甚至於」、「反而」等等。

啊，就像故事裏寫道：「**歲月的日日夜夜，就像潤物無聲的春雨，輕拂着人的心靈，更磨礪着人的意志**」。這裏就用了單個的關聯詞「更」，層層深入地表達出歲月對人的影響。

說得對。至於表示**目的關係**的關聯詞，例如「為了」、「為免」、「免得」、「以免」、「以便」等等，在複句裏面，通常一個分句說出要實現的目的或者要避免的事情，另一個分句就說出相關的行動。

比如故事裏提到：「**當時課堂上大家議論紛紛，為了交一份好的功課出來，每個人都在動腦筋。**」這裏的目的是「交一份好的功課出來」，而相關的行動就是「大家都在動腦筋」、「議論紛紛」。

蘇珊妹妹

 故事裏還有一個例子，就是「**我不敢再火上加油，以免妹妹更傷心**」，這裏的目的就是避免「妹妹更傷心」，而相應的行動就是「不敢再火上加油」。

 原來關聯詞也有這麼多變化，以後我們可以**多用不同的關聯詞，讓自己的表達更加豐富多變**。

 接下來，我們到「語文遊樂場」看看吧！

語文遊樂場

一、 以下句子是什麼意思？在橫線上填上適當的關聯詞，使
　　句子的解釋變得完整。

1. 道不同，不相為謀。

　　解釋：＿＿＿＿＿＿＿彼此意見或志趣不同，＿＿＿＿＿＿＿

　　　　　不會在一起做事。

2. 金玉其外，敗絮其中。

　　解釋：＿＿＿＿＿＿＿外表很華美，＿＿＿＿＿＿＿內裏卻一

　　　　　團糟。

3. 不打不相識。

　　解釋：＿＿＿＿＿＿＿經過交手，＿＿＿＿＿＿＿能更好地相

　　　　　互了解。

4. 人無遠慮，必有近憂。

　　解釋：＿＿＿＿＿＿＿人沒有長遠的考慮，沒有想清楚後果

　　　　　和影響，＿＿＿＿＿＿＿會有眼前的憂患。比喻做事

　　　　　要有長遠的眼光，考慮周全。

二、選出適當的關聯詞，填在括號內，使句子意思完整。

1. （　　　）打擾到其他讀者，在圖書館裏，請保持安靜。

　　A. 為免　　　　　　　　B. 為了

　　C. 以免　　　　　　　　D. 以便

2. 是你先撞到人的，（　　　）不道歉，（　　　）惡人先告狀？

　　A. 是　還是　　　　　　B. 雖然　但是

　　C. 不但　還　　　　　　D. 首先　然後

3. （　　　）這不是我擅長的，（　　　）我會盡力而為。

　　A. 只有　才　　　　　　B. 因為　所以

　　C. 如果　就　　　　　　D. 雖然　但是

4. 我不小心打破了餐廳裏的杯子，老闆（　　　）沒有責怪我，（　　　）緊張地問我有沒有受傷，讓我十分感動。

　　A. 無論　都　　　　　　B. 不但　反而

　　C. 即使　也　　　　　　D. 不是　就是

三、 以下哪一項描述符合《蘇珊妹妹》的故事內容？圈出代
　　表的英文字母。

1. 妹妹扔了一個「炸彈」，其實是：

　　A. 她打爛了父親送給她的「聖誕廢物」。

　　B. 她從牀上掉下來了，發出了一聲巨響。

　　C. 一隻小貓從牀上跳下來而發出的聲音。

　　D. 她收到一個玩具炸彈，但隨手扔掉了。

2. 家庭的變故，令妹妹變化很大，例如：

　　A. 脾氣比以前差了。　　　B. 開始對環保感興趣。

　　C. 夜裏經常做惡夢。　　　D. 開始懂得關心他人。

3. 在故事的結尾，哥哥得到的靈感是：

　　A. 下午去二手店訪問店長時的訪問問題。

　　B. 小組討論可用「家居源頭減廢」為題。

　　C. 功課的主題是介紹社區的廢物再利用。

　　D. 把家裏不要的雜物捐贈給有需要的人。

紫藍色的綢結子

一 一張舊照片

我家的附近有一座大教堂，每當星期天，我就可以聽到它洪亮而清脆的鐘聲。爸爸說，那是平安的鐘，是喜悅的鐘，誰聽到了，都會得到祝福。我常常說到爸爸，請別誤會，這不是心理學家說的什麼戀父情結，而是因為我從小就沒有媽媽。我的媽媽親切地藏在我隨身的小銀包裏，那裏面有八達通，有身分證，在最後一個暗格裏，媽媽端坐着，微笑的臉頰兩側，是浪花般烏黑的鬈髮，用綢結子束着。

「那是蝴蝶結。」爸爸糾正道。

我仍是稱它為「綢結子」，紫藍色的綢結子，好漂亮。媽媽喜歡唱歌，從小就想當歌星。可她

的夢擱淺了。爸爸說，那時候她懷了我，我的出現給重病的媽媽帶來了希望，她是多麼想抱一抱我啊。但是，事情卻沒有向好的方向轉變。

你一出生，就哇哇啼哭，好響亮。爸爸說。

媽媽沒能來得及看我一眼，就像一陣風，飄逝了。

爸爸一定是傷心到骨子裏了。這些年來，他

71

獨自一人照顧我，竭盡心力，好像要把媽媽和他兩個人的愛，全都投到我的身上。

爸爸說，我跟媽媽長得一模一樣。我端詳著媽媽的舊照，媽媽好年輕，好漂亮。爸爸告訴我，媽媽好喜歡海，靜靜地坐著，看海，當月亮升起的時候，她說，那海面上綻放著的，是紫藍色的光。

「我想紮一條綢結子，像媽媽那樣。」我對爸爸說。

「那叫蝴蝶結。」爸爸反覆糾正我。

「好吧，就蝴蝶結吧！」我說。

商場裏擺賣的五顏六色的各式髮夾，令人眼花繚亂，偏就沒有綢緞的「蝴蝶結」。我只好挑了兩隻魚形髮夾用上。潔兒見我紮了兩個「馬尾」，捂著嘴兒吃吃笑：「嗯，好特別呢！」小玟在一旁笑而不語的樣子，大約是在心下笑我「老土」吧？倒是雅楠直爽，嚷道：「喲，這塑

膠髮夾硬幫幫的，不太舒服吧？」

我摸了摸髮夾，沒吭聲。在我們老家，是不會有人笑這麼別緻的髮夾的——瞧它有多漂亮！說實話，從遙遠的北方小鎮，遷居到人生地不熟的香港，的確是不習慣的。離開故鄉的小伙伴，我好不情願。爸爸說：「你若不想跟我去香港的話，我只能送你到爺爺的鄉村去。」

我怎麼捨得離開親愛的爸爸呢！

二 女校的孩子們

告別了小伙伴，揣着心愛的媽媽的照片，我來到了<u>香港</u>這間小學。大教堂的鐘聲噹噹地敲響了，我伏在靠海的窗台上遐想，如果當年媽媽也知道這世上有一個主，那她會過得更快樂吧？有時候我悄悄地跟主說話，有時候我也跟媽媽說話。我真想長得跟她一樣漂亮，我喜歡她紫藍色的綢結子。

「她是誰？好漂亮！」我的同桌<u>丹慧</u>發現了我小銀包裹的秘密。她這一叫，把坐在後面的<u>潔兒</u>和<u>小玟</u>她們都吸引了。誰呀，誰呀？

「我媽媽。」我遞過去。

「這麼年輕……」<u>雅楠</u>也擠了過來，「黑白照片喔，好靚啊！」

我低聲道：「我從沒見過我媽媽，她生下我，

就去世了⋯⋯一種很嚴重的病。」

「對不起⋯⋯」女孩子們怯怯地說。

「沒關係！」我笑了一下。於是，我小心地收起銀包。我早已習慣了沒有母親的事實，她像風，或者霧，遙遠的，永遠只能感覺，只能懷想，卻無法觸及。「媽媽」這個稱呼，已經被「爸爸」代替了，爸爸，嗯，他就像媽媽一樣。

　　那一刻，身旁的女孩子們好像突然與我好親近，一個個對我格外的好，她們都親暱地稱我「燕子」，那是媽替我起的乳名，只有爸爸這樣叫我，現在，小伙伴們也這樣叫我，我心裏忽然生起了酸酸甜甜的情愫[①]。

　　女校的生活，我很快就適應了。在國內，可從來不分什麼男校女校，好特別呀！我喜歡香港的女校生活。其實，在聖誕節或者其他什麼活動的時候，我們女生也會跟男校的學生相遇，那時候，我們會裝作若無其事一本正經的樣子，一回到課室，我們就開心得捧腹大笑，那些小男孩好笨呀，其實我們小女孩也傻呢⋯⋯

　　女孩子們在一起，就像小鳥似的喳喳喳，有時候為了一點小事又會扭扭揑揑哭鼻子。女孩子們喜歡哇哇地唱，哈哈哈地笑，彷彿天空全是她

---

① 情愫：內心的真情。

們的。

香港多美好啊！

可是，那一天夜晚，爸爸卻鄭重其事地對我說，過了年，我們就要回北方了。

我一聽，差點沒哭出來！

三 惱人的雨季

「為什麼啊？我想在這兒升讀中學呀！」我嚷道。

「別孩子氣了，<u>燕子</u>！」爸爸耐心地勸我。

我的淚水滾落下來：「那麼，我們還能回來嗎？」。

「也許……」爸爸繼續埋頭工作，在電腦上噼啪地敲字。

哼，也許，這是一個多麼討厭的詞兒！

所有的同學都知道我要走了，在驚訝的尖叫聲後，便是平和的祝福與祈禱。

<u>雅楠</u>説，<u>燕子</u>我們到北方旅行時，去探望你呀！

<u>小玟</u>説，我們說不定也會去北方讀書呢！

<u>潔兒</u>説，你也可以再來這裏，探望我們哦！

丹慧說，燕子，你將來要來香港讀大學啊！

好朋友一起說：你的六月生日會，我們會一起來慶祝的！

我的心像小鳥一樣飛起來了，行雲流水的日子變得格外令人珍惜了。

進入六月以來，天氣忽然變得惡劣起來，連日來，天空陰沉着，不是風，就是雨，時而狂風乍起，時而大雨傾盆。那電閃的天空，像壞透了脾氣的大小姐，嘩嘩啦啦地，有一天，竟鬧得港九多處地方水浸！我擔心在北方出差的爸爸，我在電話裏說：「我這兒下大雨呢，爸爸要照顧好自己啊！」

爸爸說，他那兒卻是百年未見的酷熱，好久沒見雨水了。原來，只有南方在不斷發着大洪災，大水難。看着報紙上的壞消息，不由得人憂心忡忡。

「你的生日怎麼過？大水會不會淹了你的生

日？」爸爸打趣説。

　　我快樂起來，生日會呀，還早呢，爸爸他掛着呢。水再大，也影響不了我的生日會的。今年的生日正逢星期天呢！我推開窗子，天空好明亮，今日倒是晴空萬里呀！

　　不過，這段日子天氣變化反覆無常，誰能摸得準老天爺的脾氣！

不理會它，反正到了生日那天，再大的雨，也不會影響我們高興一場的！我對着電話大聲道：「爸爸，<u>丹慧</u>她們一早就約定了，去她家給我慶祝生日！<u>宋姨姨</u>説，她要為我親自製作生日蛋糕呢！」

　　<u>丹慧</u>的爸爸可是著名酒店的廚師呢，她的媽媽<u>宋姨姨</u>，是個熱情好客的女主人。

四　為什麼待我這麼好

星期天踏着美好生日的腳步，來到了。

一大早，我推開窗子，大晴天！

太好了，我滿心歡喜。我立刻在小梳妝台前打扮自己。鏡子裏是一個紮着兩個捲球兒的好看的少女，一條漂亮的短裙像蝴蝶一樣微展着，淺色的碎花 T 恤把身姿襯得嬌小玲瓏。我輕輕地哼起了《一千零一個願望》：

心裏有好多的夢想

未來正在開始閃閃發亮……

驀地，一聲巨響：「忽啦啦——」

天空猛地炸響了雷聲，像是誰在天空扔了一顆炸彈！

我愣了一下，急急地關好玻璃窗。我坐靠窗邊，望着漫天漫地的雨幕，一籌莫展。這天氣，颱風下雨已讓人難行路了，何況閃電打雷！

手機一亮，是小玟的短訊：「好大的雨！我恐怕出不了門……」

我連忙安慰她：「哦，沒關係，遲點再說吧……」

忽地，手機鈴聲響起，只聽潔兒急促地說：「我的芭比病了，要去診所……」

「芭比」是潔兒的寶貝小狗。我安慰道：「那快帶牠看醫生吧！」

我有點沮喪——怎麼這麼不湊巧呢？這時，丹慧打來了電話：「怎麼樣，壽星小姐，還不出門啊？」

「她們來不了……」我沮喪地說。

「我知道了。」丹慧安慰道，「剛才雅楠也說，她肚子疼，剛服了藥丸，應該沒多大問題

吧……哦，<u>燕子</u>，我爸爸正在廚房準備呢，老火湯已煲好啦，媽媽的蛋糕做得可漂亮啦，我妹妹也在，說要跟你一起點蠟燭、吃生日蛋糕哩！嗯，她們來不了……沒關係，我們明天帶蛋糕到學校，給她們品嘗好嗎？」

我高興起來，謝謝你，<u>丹慧</u>！

一出門，大風<u>就</u>把我手中的雨傘吹得揚了起來。我冒雨坐上了小巴，車子朝火車站駛去。雨點打在車窗上，劈里啪啦響。車子開得慢，走走停停。幸好<u>丹慧</u>的家不算太遠。

我按響了電鈴。

<u>丹慧</u>漂亮的面孔出現在門旁：「請進，<u>小燕子</u>！」她右臂一伸，作了一個瀟灑的動作。<u>宋姨姨</u>的聲音從廚房裏傳出來：「<u>燕子</u>你們先玩，我和你<u>宋伯伯</u>馬上上菜。」

我連忙說：「<u>宋伯伯宋姨姨</u>，打攪啦！」

<u>宋姨姨</u>從廚房探出半個腦袋來：「喲，<u>小燕</u>

子這麼客氣！」她説着，作了一個神祕的眼神，「去吧，去吧，她們在等着你呢！」

她們？誰？

「生日快樂！」猛地一聲，從房裏跳出五六個女孩子來。有雅楠，有小玟，有潔兒，還有班長和愛唱歌的小玉！她們全在這兒，手舞足蹈地大笑大叫！有的手抱鮮花，有的懷揣禮物，最奇的是，每個人的頭髮都束成了兩個髮球兒，全都紮着紫藍色的鮮艷綢結兒！

我簡直傻了，一時腦子轉不過來。

快樂嗎？感動嗎？

我一句話也説不出來，熱淚盈眶，眼淚伴着我的笑聲落下來，我雙手捂住了臉——我都做過些什麼啊，你們要為我做這麼多……

我一把拿起電話，哭着説：「爸爸呀，她們為什麼對我這樣好……」

語文放大鏡：使用關聯詞的注意事項

 我們學了很多種關聯詞，在這篇故事裏也有不少關聯詞的例子。老師，你能跟我們說說，使用關聯詞的時候，有什麼要注意的嗎？

 當然可以，小問號。首先，有一點你之前也發現到了，就是**關聯詞有固定的搭配，不能隨意更換**。比如故事裏說小女孩燕子「**一出生，就哇哇啼哭**」，這裏連用了兩個表示**承接關係**的關聯詞「一」和「就」。它不能隨意更換搭配，不能說成「一⋯⋯也⋯⋯」或者「一⋯⋯還⋯⋯」等等。

 那麼，我們更加不能把表示不同關係的關聯詞混在一起使用了。比如說，「因為⋯⋯所以⋯⋯」是表示因果關係的關聯詞，它不能跟表示承接關係的關聯詞「一⋯⋯就⋯⋯」混在一起，變成「一⋯⋯所以⋯⋯」就不對了。

 說得好。另一方面，即使換成同樣是表示承接關係的關聯詞，也不一定能表達出原來的意思。就像「首先⋯⋯然後⋯⋯」跟「一⋯⋯就⋯⋯」都是表示承接關係的，但是換入到這句句子裏面，就不恰當了。「首先出生，然後哇哇啼哭」，這就跟原意不同了。

明白！那麼，老師，關聯詞還有什麼要注意的呢？

第二點就是，**有些兩個一起使用的關聯詞，有時候可以單個使用**。比如「**如果當年媽媽也知道這世上有一個主，那她會過得更快樂吧？**」這一句，是用了表示**假設關係**的關聯詞「如果……那……」。若是改為只用單一個「如果」，寫成「**如果當年媽媽也知道這世上有一個主，她會過得更快樂吧**」，你看，這句跟原來的意思是不是一樣呢？

哦，對呢！老師，我還發現，把這裏的「如果」改為「要是」、「倘若」等等，意思是一樣的呢！

不錯！這可以說是關聯詞的第三個要注意的地方，**靈活使用關聯詞，可使文章的用詞顯得豐富、多變**。你剛剛說的關聯詞「如果」，跟「要是」、「倘若」、「若」等詞語同樣表示假設關係。我們寫文章時，可以在這些近義的關聯詞裏面靈活變換使用，不用每次都是寫「如果」，這樣讓人看起來就不會那麼重複、呆板了。

老師，我常常想寫長一點的句子，表達很多事情，但老師你總說不該用這麼多個關聯詞。

比如：「他雖然成績差，可是他總是虛心求教，一方面態度誠懇，而且十分友善，所以大家都說，他有很大進步。」這句有什麼問題啊？多用關聯詞不好嗎？

<u>小問號</u>，關聯詞不是用得越多越好的，而且**複句裏面不宜連用多個表示不同關係的關聯詞，以免意思表達不清，有礙讀者理解**。這也是我想說的第四點。你看你剛才說的句子裏，「一方面……一方面……」本來是連用的、表示並列關係的關聯詞，可是你又少了一個，不完整；「所以」是表示因果關係的關聯詞，說出了結果，可是原因沒寫清楚，讀起來就不明白了。有時候，我們說話、寫作時，不一定要用上關聯詞的。

哦，那我以後還是一句一句地說清楚好了。我會記住：關聯詞應用則用，不宜濫用，而且要小心運用！

看你神氣的樣子！我們一起去「語文遊樂場」走走吧，看看你有多會用關聯詞。

語文遊樂場

一、 試把以下獨立成句的句子串連起來，並加上適當的關聯詞，成為複句，然後寫在橫線上。

例　爸爸反覆糾正我那是蝴蝶結。

　　我仍叫它綢結子。

　　雖然爸爸反覆糾正我那是蝴蝶結，但我仍叫它綢結子。

1. 他的成績優異。

　 他經常幫助同學。

　 _____

2. 他經常說謊。

　 大家都不相信他的話。

　 _____

3. 她想參加全港舞蹈大賽。

　 她每天放學後都努力練習。

　 _____

　 _____

二、 把下面的詞語重組成通順的句子，並加上適當的標點符號，寫在橫線上。

1. 誰　都　是　遵守　不管　應該　交通規則

———————————————————————

2. 要　以免　出現　我們　定期檢查　安全事故　水電設施

———————————————————————

———————————————————————

3. 他　先是　然後　小學　中學　讀完　升讀　在香港

到美國

———————————————————————

———————————————————————

4. 既　又　要有　要有　思維　縝密的　冷靜的　飛行員

處事能力

———————————————————————

———————————————————————

三、圈出適當的關聯詞，使句子意思完整。

1.（ 無論 / 如果 ）你扐中桌面的紅點，（ 都 / 就 ）可以贏

　　得大獎。

2. 這個套餐有兩款主菜，（ 不是 / 與其 ）牛排，（ 就是 /

　　不如 ）海鮮，你想要哪一款？

3. 這位明星熱心公益，（ 不但 / 雖然 ）經常捐款，（ 而且 /

　　但是 ）身體力行，參與多種義工活動。

4.（ 假如 / 雖然 ）這次比賽我們沒取得什麼獎項，（ 那麼 /

　　但是 ）我們都盡了最大的努力，問心無愧。

四、 以下哪一項最能說出《紫藍色的綢結子》的主題？圈出
　　 代表的英文字母。

A. 紫藍色的綢結子是大多女孩子喜愛的飾物。

B. 以紫藍色綢結子來象徵人與人之間的真誠感情。

C. 一個女孩子失去母親的痛苦以及父親對女兒的愛護。

D. 一個來自中國內地的女孩子在香港認識到一羣好朋友。

答案

《名字裏的秘密》語文遊樂場

一、1. A

2. C

3. B

4. B

5. A

二、答案僅供參考：

1. 一邊……一邊……　/　一面……一面……

2. 如果……就……　/　要是……就……　/

假如……那麼……

3. 才 / 然後

4. 如果……就……　/　要是……就……　/

假如……那麼……

三、C

《新衣衫的風波》語文遊樂場

一、1. 只有……才……　/　只要……就……　/　因為……所以……

2. 與其……不如……

3. 只有……才……　/　只要……就……　/　因為……所以……

4. 不是……就是……

5. 因為……所以……

二、1. 媽媽平日工作忙碌，只有在放假休息時，才會下廚。

2. 他說自己小時候因為曾經溺水，所以現在不敢下水游泳。

三、D

《蘇珊妹妹》語文遊樂場

一、答案僅供參考：

1. 因為……所以…… ／ 如果……就……

2. 雖然……但是……

3. 由於……因此…… ／ 只有……才……

4. 如果……就…… ／ 若是……就…… ／

因為……所以……

二、1. 為免

2. 不但 還

3. 雖然 但是

4. 不但 反而

三、1. A

2. D

3. B

《紫藍色的網結子》語文遊樂場

一、答案僅供參考：

1. 他不但成績優異，而且經常幫助同學。

2. 因為他經常說謊，所以大家都不相信他的話。/

　　由於他經常說謊，因此大家都不相信他的話。

3. 為了參加全港舞蹈大賽，她每天放學後都努力練習。/

　　因為她想參加全港舞蹈大賽，所以每天放學後都努力練習。

二、1. 不管是誰，都應該遵守交通規則。

　　2. 我們要定期檢查水電設施，以免出現安全事故。

　　3. 他先是在香港讀完小學，然後到美國升讀中學。/

　　　他先是到美國讀完小學，然後在香港升讀中學。

　　4. 飛行員既要有縝密的思維，又要有冷靜的處事能力。

三、1. 如果；就

　　2. 不是；就是

　　3. 不但；而且

　　4. 雖然；但是

四、B